마디마디
아픔을 여미고

배송제
12
시집

마디마디
아픔을 여미고

저자 — 배송제

목차

머리글

/

숨 막히는 진통 속에
울부짖고 발버둥 치며 이 세상에 태어나
거칠고 험한 길
바람과 파도를 뚫고 헤치며
온갖 아픔 싸매고 눈물 흘린 자리
몸이랑 마음의 상처가 아문 숱한 흔적들

아픔 없는 길이 있으랴
슬픔 없는 생명이 있으랴
아픔과 슬픔의 연속인 삶에서
한도 끝도 없이 이어지는 질곡과 형극의 길

때때로 흐느끼는 풀꽃을 보라
폭풍우에 통곡하는 나무들을 보라
너무너무 아파도 미워하지는 않는다
찢기고 쓰러질지언정 원망하지도 않는다

사납게 후려치는 파도를 안고
아낌없이 내어 주는 갯바위를 보라
얼크러설크러 함께 맞붙어 들뛰며 노래한다

담대하고 당당하라
꿈과 소망을 향해 가는 길
눈물겹도록 심히 어렵고 힘들지라도
맞서기를 망설이거나 두려워할 것은 없어라

2024년 12시집 발간을 맞아

배송제

마디마디 아픔을 여미고

아픔을
추스르고 여미어
하늘을 찌를 듯 거침없이
솟구쳐 오르는 경이로운 기상을 보라

텅 빈 속
굳게 동여매어
마디마디 둘러 딛고 올라서는 靑竹아

한 계단
한 계단 오를수록
싱싱한 깃발 드높이 휘날리며
푸르디푸른 품격 날로 올곧고 근사하다

강추위
숨 막히는 폭염도
언제나 묵묵히 참고 견뎌 내는
볼수록 자랑스럽고 멋들어진 모습이어라

둥지

하나같이 철옹성이다
우주에서 가장 안전한 집을 짓기 위해
눈물겨운 정성과 뛰어난 노하우로 공들여 마련한 보금자리들

뜨거운 사랑 오롯이 녹여 육추를 힘써 실현하고
적들의 위험한 공격에서 새끼들을 지켜낼 수만 있다면
아슬아슬한 절벽이나 나무 구멍, 긴 가지 끄트머리라도 좋단다

하루가 달리 무럭무럭 자라는
새끼들을 향한 어버이의 펄펄 끓는 사랑과 열정,
먹이를 준 뒤 새끼가 똥을 싸면 지체 없이 꿀꺽 삼킨다
무슨 맛일까 궁금하다 똥까지 먹고 싶은 새끼 바라기 열망이런가

덩치 큰 녀석이 알과 어린놈을 등짝으로 밀어낸다
까치발을 딛고 둥지 밖으로 떨어뜨리기 위해 용쓰는 게다
혼자서만 잘 크려고 어버이가 집을 비운 사이 재빨리 해치운다
하는 짓은 얄밉고 괘씸하다만 강자만이 살아남는 경쟁의 길이거늘

호시탐탐 먹이를 노리는 천적들이 우글거리는 세상,
둥지에 몰래 쳐들어와 새끼들을 잡아먹는 뱀이랑 큰 새들
아, 어쩔 수 없이 당하기만 하는 비통한 울부짖음과 몸부림들이여

사랑과 평화 그리고 죽음이 언제나 함께하는 무대-
삶의 길이 불안과 공포 속에 심히 험하고 힘들지라도
앞날을 위해 꿈과 소망을 가꾸고 일구어 나가는 위대한 곳이기도 하다

태아령

의도적인 낙태이든
뜻하지 않은 유산이든
이런저런 사연에 얽매어
안타깝게 세상 구경도 못 하고
어미의 뱃속이 무덤인 아기 영가

무속인의 말을
믿지 않는다 할지라도
한창 자라는 보배로운 생명
함부로 해쳐서는 아니 되리라
아무 티도 허물도 없는 숫눈 같은
귀한 인연이 잘못 꿴 단추란 것 말고는

숱한 만남에서
자유로울 수 없는 굴레
잠시 잠깐의 쾌락이 낳은,

심히
아파 슬퍼 통곡하면서도
결국 지울 수밖에 없다 할지라도
그 길이 당당하고 떳떳할 순 없는 것이다

만일,

한 맺힌

태아령이 떠돌고 있다면

지난 잘못을 뉘우쳐야 하리라

가련한 영혼을 달래 주어야 도리일 것이다

노예의 길

노예 아닌 인간은 없다
자유와 권리를 맘껏 누리기보다는
스스로 사슬에 사로잡힌 채 울부짖고 몸부림친다

뜨겁게 불타는 사랑을 위해
죽음도 무릅쓰고 불나방처럼 날아들고
끝도 없는 재물과 명예를 좇고 찾아
펄펄 끓는 용광로와 일렁이는 불가마에 뛰어든다

일생을 그렇게 살아간다
그 길이 너무 지치고 힘들어도
거친 바람과 험한 물결이 밀려올지라도
꿈과 소망을 향한 걸음을 멈추거나 돌리지 않는다

이 같은
들끓는 욕망 속에서도
일생 동안 고통의 길을 걸으면서도
차마 눈물겹도록 시련의 삶을 살면서도
자신의 삶이, 노예의 길임을 알거나 깨닫지 못한다

아침 해를
밤새워 기다리는 해바라기처럼
그리운 바다로 굽이치어 흘러내리는 계곡물처럼

기어코 자신이 가야만 하는 자랑스러운 이정표를 향해
끝끝내 가고 또 간다

가을의 협주곡

전혀
다른 장르가
서로 아름답게 어울리듯
풍성한 결실이랑 아쉬운 작별이 공존한다

눈부시게 펼쳐진
높고 푸르른 하늘 아래
춤추고 노래하는 대자연의 힘찬 맥박과 호흡

사랑과 평화가
한가득 넘실거리고 있다
웃음과 기쁨이 넘치는가 하면 쓸쓸하기도 하다

고요한 듯 웅장하다
무겁게 고개 떨군 엄숙한 기도들
지치고 벅찬 고통과 환희를 애써 추스르는 듯

한 올
한 땀 엮기 위해
꿈과 소망을 향해 달린 고된 나날들
독주와 오케스트라를 버무린 무대이자 향연이다

피를 뿌리는 춤

흡혈귀나
피에 굶주린 맹수처럼
피의 강과 바다에서 칼춤을 춘다
좀비다 악마다 괴물이다 도깨비들이다

신들리거나
미친 것들이 널을 뛰듯
온 누리 가득 찬 피를 부르는

피의 향연
갈가리 찢기는
처절한 죽음과 파멸
아우성에 울부짖는 광란의 도가니
산산이 부서져 내리는 통곡과 신음소리

피는 피를 부르고
미움과 저주 일렁이며
결국 처참하게 박살 난 자유와 평화여

제멋대로 휘두르는 피를 뿌리는 춤사위
모두 미친 짓이다

바람과 파도를 가르며

소중한 꿈과 소망을
열정껏 가꾸고 일구기 위해
도전하고 투쟁하는 처절한 삶-
사나운 바람과 험한 파도를 뚫고 헤치는 길

쉼 없이 불어오는 강한 바람
세상을 뒤집을 듯 일렁이는 파도
할퀴고 물어뜯고 찢기고 무너지면서
눈물겹고 숨 막히도록 울부짖고 몸부림치는 길

그래도,
제아무리 어렵고 힘들지라도
끝끝내 참고 견뎌 내야만 한다는
꿋꿋한 인내와 불타는 투지로 돌파하는
서슴지 않고 두려움 따윈 없는 오직 맹렬한 질주

잠시도
마음 놓을 수 없는
끊임없이 아슬아슬 위태위태한

한 치 앞도
가늠 못 하는 짙은 안갯속 같은
캄캄하고 기나긴 터널과 미로 속을 헤쳐 나가는 모험
인생이란 그런 길인 것을

믿지 못하는 세상

안 믿는다
아예 못 믿겠단다
모두 가짜요, 거짓이란다
콩으로 메주를 쑨다 해도 고개를 젓는다

와글와글 우당탕탕
남 탓하고 쌈박질하고
범람하는 불신과 통곡의 바다
시뻘건 흙탕물이 할퀴고 짓밟는다

시궁창처럼 추한
교활한 배신과 사기
느닷없이 묻지 마 살인
여차하면 로켓 핵폭탄으로 겁박하고

사랑도 거짓투성이
약속과 평화도 손바닥 뒤집듯
진짜다 진실이다 설득해도 영 안 믿는다

티 없이 맑은 진실도
믿을 만한 진짜도 있지만
꼴사납게 뻔뻔하고 가증스러운
거짓과 가짜들이 휘두르고 있기 때문이다

단말마

인간이 마지막 죽을 때에만
심히 괴로워하며 악을 쓰고 비명을 지르는 것은 아니다

태아를 출산할 때 산모의 고통이
임종할 때보다도 길고 처절할 때도 있다
모진 진통에 똥까지 싸며 바락바락 용을 써도
겨우 머리만 조금 보일 뿐 나오지를 않아 지치고 탈진한다

더 이상 시간을 끌면
산모와 아기 둘 다 위험하다
초산에 산모의 골반이 너무 좁아
비상 처방으로 질 입구를 칼로 찢고 피를 흘려서라도
아기 머리에 흡입기를 부착해 잡아당겨 당장 뽑아내야만 한다

산을 오르면 오르막이나 내리막길
처음부터 끝까지 다 버겁고 힘이 들듯
자다가 흉몽과 악몽 속에 괴물과 악마한테 시달려
울부짖고 몸부림칠 때 당장 질식할 것만 같은 숨 막히는 압박감

홧김에 냅다 독약을 꿀꺽 삼키거나
숲속 나무나 부엌 헛간 대들보에 목을 매는 순간
영혼이 토하는 심장이 녹는 비명 소리는 차마 애처롭기만 하다

도리어 죽음 앞에 끓어넘치는 생존의 열망-
혀를 깨무는 처절한 단말마의 절규는 위대한 인간을 두려워한다

귀신들의 싸움

납골당 공동묘지에
우글거리는 귀신들도
서로 으르렁대며 다투겠지

여차하면 들러붙어
울근불근 눈을 치뜨며
머리 코피 터지게 치고받고

이승에서 허구한 날
남 탓 쌈박질만 했으니
근질근질해 견딜 수 있겠어

아마도 볼만할 게야
폼을 잡고 목에 힘을 주고
몰래 숨겨 둔 재물도 엄청 많고

그게 무슨 소용이야
죽으면 끝인 줄도 몰라
그냥 지내면 중간은 갈 텐데

몰려다니며 와글와글
말릴수록 더욱 지랄발광
죽어서까지 조용할 날이 없어라

많은 것을 가졌으면서도

많은 것을 가졌으면서도
인간들은 그 사실을 모르고 산다

좀 더 좀 더 조금만 더...
가질수록 더 많이 갖고 싶은
한도 끝도 없는 욕망의 장막이
눈을 가리고 판단을 어둡게 만든다

망가지고 병들고 나서야
비로소 건강의 소중함을 통감하고
재물과 명예를 잃고 나서야
지나친 욕심이 화근이었음을 깨닫는다

설레는 꿈과 소망을 향한
열정과 도전은 멋지고 아름답지만
한계와 어둠을 미리 예단하여
멈춤과 비움의 지혜에 불을 밝혀야 한다

너무 많은 것을 탐하지 말라
가진 것만으로도 넉넉할 수 있다
웃음과 행복은 영혼에 피어나는 향기이다
그대는 위대한 왕이고 황제이다

깨달음의 처음과 끝

이 세상에는
나보다 못난 사람이 아무도 없다오

내가 가장
똑똑하고 잘났다
우쭐대는 사람이야말로
이 세상에서 제일 어리석은 바보이지요

순애보

그대여, 사랑합니다
우리 둘이서 맺은 인연이
끝끝내 이룰 수 없는 사랑이면
슬픔과 아픔보다는 차라리 떠나리다

서로가 헤어지기보다
갈기갈기 찢기는 이별보다는
아름다운 사랑 녹여 오롯이 사르리다

진정으로 좋아합니다
너무너무 뜨거웁게 사랑합니다
그러니 어찌 잊을 수가 있단 말입니까

그리움을 안고 산다면
사랑하는 마음 고이고이 품은 채
한 줌 재 남을지라도 서럽지 않으리다

아, 결국 맺을 수 없다면
활활 불타고 펄펄 끓는 나의 가슴
영원히 그리워하고 사모하며 살아가리다

둠벙

나 어릴 적
대개 큰 논배미 귀퉁이에는
물이 고인 자그마한 연못이 자리하고 있었다

그곳에는 이름 모를
수초 개구리밥이 둥둥 떠 있고
소금쟁이, 붕어, 송사리, 개구리
긴꼬리투구새우, 물벼룩, 물장군, 물방개...
철사를 구부린 낚시로 큼직한 붕어도 낚은
다양한 생물이 모여 사는 생태계의 보고였다

논에는 우렁이 많았다
두엄 쌓인 곳곳마다 몰려 있었고
손으로 더듬어 잡는 재미가 쏠쏠했으며
추운 겨울엔 앉은뱅이 썰매를 지치며 놀았다

따뜻한 봄날이 오면
평화로운 개구리들 천국이요,
군데군데 우글거리는 올챙이 무리는
새까맣게 떼를 지어 숨바꼭질 놀이에 바빴다

내가 자란 고향 천기는
고작 몇 채 초가집 시골이었지만
미나리꽝, 채마밭 돼지보 축구로 뛰놀고
봄에는 아카시아꽃 따 먹고 칡뿌리 캐 먹던
새록새록 피어나는 옛 추억들이 그립기만 하다

갈대의 춤

가느다란 몸뚱이 휘청거린다
휩쓸리며 소리치는 고된 아우성
끝끝내 참고 견뎌 내려는 몸부림이다

바람 따라 흔들릴지라도
절대로 꺾이거나 부러지지 않으려는

사납고 거친 폭풍우도
잠시 잠깐 할퀴고 스쳐 지나갈 뿐
쓰러지면 오뚝이처럼 또다시 일어선다

차마 상한 몸이
너무너무 저리고 아파도
고통에 울부짖을지언정 울지는 않는다

바람 불면
같이 얼크러설크러
지치고 힘들수록 서로가 얼싸안고
심히 발버둥 칠수록 비비고 부둥켜안는다

함께 살아가는

소중한 보금자리

어울리어 가꾸는 값진 사랑과 평화

언제나 언제까지나 지켜 내리라 춤 속에서

그리워

그리워
너무 그리워서
눈물이 나겠지요
슬픈 대로 마음을 여미시구려
언젠가는 멈출 날도 있으리다

보고파
너무 보고파서
저리고 아프겠죠
아픈 대로 가슴을 달래시구려
살다 보면 잊힐 날도 있으리다

사무치는
그리움 보고픔도
그럭저럭 흘러가는
세월 속에 어느샌가 묻히겠지요

만남도 사랑도
애끓는 그리움도 스치는 바람인 것을

꼰대들의 디딤돌

지난날, 1960년대 무렵만 해도
가난에 찌든 삶은 너무나 어렵고 힘들었다

굶주린 설움 속을 헤매야만 했던
대대로 내려온 지긋지긋한 보릿고개
뻣뻣한 종이를 비비고 말아 밑을 닦던
안채에서 멀리 떨어져야 좋다는 뒷간 세대
강추위 찬 얼음물에 덜덜 떨던 손빨래 세대

검정 고무신 닳고 해지면 꿰매 신고
책을 보자기에 싸 허리 두르고 다닌 학교
컴퓨터나 전자계산기 없는 다섯 알 주판 세대
한창 배우고 싶은 소년 소녀 시절
공부를 접고 돈벌이 공돌이와 공순이
힘에 겨운 살림살이 사글세를 전전하던 세대

돈을 벌려고 죽을 각오 지원한 월남전
멀리 해외 파견 광부, 간호사, 중동 노동자
눈물겹도록 고된 꿈의 도전을 일부러 골랐다

전국 방방곡곡에서 거센 들풀처럼
활활 타올랐던 우리도 한번 잘살아 보세
새마을운동에 앞장선 기둥이자 주역이었고

마침내,
배고픔에서 벗어난 조국 중흥의 밑거름이었다
아, 잊으려야 잊을 수 없는 꼰대들의 디딤돌이었다

입

소름 끼치도록 무섭다
불장난의 원흉 혓바닥
도대체 왜들 가만 못 두나
침을 튀기기만 하면 돌리는 발동기
누가 따발총을 더 잘 갈기느냐 쌈박질
용의 아가리에서 용암 같은 불을 뿜는다

사실은 가린 채
주둥이만 나불거린다
무조건 이겨야 하는 게임
거친 파도 일렁이는 추한 시궁창
피를 토하고 만신창이가 될 때까지
한도 끝도 없이 펼쳐지는 가짜들의 혈투

승자도 패자도 없는
얻을 게 없음을 알면서도
열기만 하면 몽땅 거짓말이다
어차피 피할 길 없는 싸움꾼들의 패악질

이판사판

화근덩어리

가만 다물고 있으면

근질거려 견딜 수가 없다

엎치락뒤치락 개싸움판이라도 벌여야 한다

그래야 시원하다

그대가 머무는 곳마다

그대의 귀한
발길이 닿는 곳마다
밝고 환한 꽃길이 반기어 주기를

그대의 고운
눈빛이 빛나는 곳마다
곱고 아름다운 미소로 가득하고

그대의 착한
마음이 머무는 곳마다
평강의 물결 한가득 넘실거리기를

그대의 꿈과
소망이 향하는 곳마다
알찬 열매 뜻대로 영글고
풍요로운 은혜와 축복이 넘치기를

그대가 힘써
기도하는 소중한 일마다
신의 도움과 보살핌으로 형통하기를

사랑아

사랑아, 사랑아
시리도록 보고픈 사랑아
두고두고
생각나는 그리운 사람아
이별의 아픔이
이다지도 클 줄이야

사랑아, 사랑아
저리도록 보고픈 사랑아
흘러도
흘러도 더욱 그리운 사람아
못 잊는 그리움
이토록 진할 줄이야

사랑아, 사랑아
애타도록 그리운 사랑아
죽도록
언제까지나 못 잊을 사람아
사무치는 사랑아
영원한 나의 사랑아

일어나라 달려라

일어나 일어나라 그대여
일어나라 그대여
용기를 내어 오뚝이처럼 일어서라
심히 어렵고 힘들지라도 쓰러지지 마라

달려라
달려가라 그대여
열정과 도전 앞에 불가능이란 없다
달리다 넘어지면 다시 일어나 달리어라

날아라
솟구쳐라 그대여
날개를 활짝 펴고 우주를 누비거라
아무리 사납고 험하여도 좌절하지 마라

빛나라
밝고 환한 그대여
어둠을 환히 밝히는 광명이 되어라
거친 바람과 파도를 뚫고 헤쳐내 빛나라

일어나라 달려라
자랑스러운 그대여, 보란 듯 당당히 달려라

불러도 불러도 대답 없는 이름이여

밤이 새도록
마음과 가슴으로 부르노라
숨 막히는
영혼으로 몸부림치며 울부짖노라

부르고
부르고 부르다가
피를 토하고 죽을 만치 그리운 그대

찾고
찾고 찾아 헤매다가
한 줌 흙과 재가 되어도 좋을
죽도록 영원히 사랑하고 사랑하는 그대

그래,
언제 언제까지나
그대를 절절히 부르고 찾아야만 하는가

불러도
불러도 대답 없는 이름이여
찾고 찾아도 대답 없는 야속한 이름이여

행복을 여는 문

살그미
밀기만 해도
스르르 열리는 문이건만
저절로 열리기만을 기다린다

스스로
열지 않으면
아무도 열어 주지 못한다
열려라 행복! 마음 문을 열라

문짝이
열리는 순간
넘실거리는 웃음과 기쁨
호호 하하... 춤추고 노래한다

쌓기는 힘들어도 무너지는 건 한순간

소중한 인간관계도 그렇고
뜨거운 사랑도 보배로운 재물도 그러하다

공들여 쌓은 탑이
순식간에 와르르 무너지고
한 올 한 땀 고이 엮은 정성이
아침 이슬이나 물거품처럼 한순간 사라진다

소소한 잘못과 실수는
이해되고 용서받을 수 있지만
신뢰의 버팀목과 대들보가 무너지면 끝이다

손바닥으로 하늘을 가리지 마라
마음과 가슴과 양심을 속이지 마라
하늘을 우러러 부끄러운 짓을 하지 말며
참 진실인 양 가짜와 거짓으로 위장하지 마라

자신의 영혼마저 속이면서까지
믿어 달라 뻔뻔스러운 얼굴은 아니다
당장은 숨길 수 있을지 몰라도 하늘이 아시거늘

쌓기는 힘들어도

무너지는 것은 잠시 잠깐이다

영특한 척 어리석음의 노예가 되지 마라

결국 건강을 잃으면 모든 게 무너지는 것과 같다

가을빛

구름 한 점 없이
맑고 푸른 하늘 아래
결실을 재촉하는 한낮 따가운 햇볕
한들한들 나부끼는 어여쁜 코스모스의 행렬

벌써 고개를 무겁게 떨구고
탐스러이 영그는 황금빛 벼 이삭들
마냥 흥겨운 듯 고추잠자리들의 춤사위
곱다랗게 익어 주렁주렁 매달린 빨간 고추들

축축 늘어진
가느다란 가지에는
어느샌가 토실토실 영글어
쩍쩍 갈라진 밤송이마다 먹음직한 알밤들이여

참 보기 좋아라
너무너무 곱고 아리따운 알록달록 가을빛이여

어찌 이뿐이랴
한껏 풍요로운 채소와 알곡, 실과들
여기저기 산야를 곱게 수놓은 멋들어진 물결들

두 번 다시 오는 똑같은 하루는 없다

소중하고
귀한 하루하루를
일생을 사는 것처럼 살아가라

두 번
다시 오는
똑같은 하루는 없다
어제와 오늘 매 순간이 다르다

살아 숨 쉬는
기적 같은 삶이
순간순간 얼마나 고맙고 감사한가

그대여,
고이고이 보듬고 뜨겁게 사랑하라

마음과
가슴과 영혼으로
모든 걸 쏟아부어 오롯이 불사르라

하루하루
새롭게 떠오르는 아침 해처럼 빛나라

흔들리지 않는 나무는 없다

배는 고요하고 싶지만
거친 파도가 흔드는 것처럼

나무는 잠잠하고 싶지만
사나운 바람이 할퀴고 흔든다

얼마나 힘들고 어려우랴
혹한과 폭염, 폭풍우와 눈보라

굳세게 참고 견뎌 내야 한다
심히 모질고 험해도 이겨야 한다

생존한다는 것은 도전의 연속
열정과 투쟁으로 뚫고 헤쳐야 한다

흔들리지 않는 나무는 없다
흔들릴수록 그 뿌리는 깊고 질기다

세월의 무게

뱀이 허물을 벗듯
마음도 가슴도 영혼도
비워야만 홀가분하다지
겨울 나목처럼 다 떨구라네

그런데,
그게 맘대로 안 된단 말이야

응, 알았어
맞아, 그래야지 하면서도
항상 질질 끌려다니며 살아

요 녀석이
그냥 놔두질 않는 게야
맨날 지지고 볶아야만 해
앙칼진 족쇄가 발목을 잡고
짐들이 등짝을 짓누르는 거야

빨리 비워야지
이젠 그만 버려야지
75인에도 막상 어렵단 말이야

그래, 안 되겠어
이제부터는 모질게 잘라 낼 테야

믿음이 낳은 통곡

혼인 서약의
다짐 맹세를 깨부수고
뻑하면 쌈박질에 갈라선다

함께하자
같이 가자 하면서도
여차하면 배신하고 도망친다

다짐과 맹세
굳게 맺은 동행길
헌신짝처럼 버리고 팽개친다

통곡이다
믿음이 울부짖는다
세상이 온통 아픔과 슬픔이다

어찌하나
믿음이 낳은 통곡이여
아, 이를 어찌해야 좋단 말이냐

아버지의 짐과 길

그냥 걸머지는 짐으로만 여겼다
으레 가야만 하는 길인 줄로만 알았다

그런데 막상
어느샌가 아비가 되고 나서야
그게 아니란 것을 통감할 수가 있었다

아무리 슬퍼도
속으로만 홀로 통곡을 하고
지치고 힘들어도 말도 못 하는 자리가
아버지라는 것을 늦게서야 깨달은 것이다

비가 오나 눈이 오나
매서운 바람이 불지라도
험한 파도가 밀려올지라도
굽히지 않고 뚫고 헤쳐 내야 하는
울부짖고 몸부림치는 투쟁의 길이
곧 아버지의 삶이란 것을 알게 된 것이다

가정을 잘 보살피고
아이들을 기르고 가르칠 수만 있다면
어떤 어려움이라도 참고 견뎌 내야만 하는

오직 꿈과 소망을 향해 불철주야 달리는
사랑하는 자식들이 삶의 목표이자 전부였다

눈물도 법도 없었던 걸까

때는 60여 년 전
나 철부지 어릴 적
옆에서 보아도 때렸다

애비가 밖으로 나가
계모와 애 둘만 남으면
타작마당의 도리깨질하듯

신발짝 빗자루 막대
독한 년 벼락 맞을 년
마구 휘둘러 두들겨 팼다

겁에 질린 아이는
몸서리치게 아파도
깡마른 막대기처럼 맞았다

결국 불쌍히 갔다
빨리 뒈져라 팬 거니까
밥도 안 주고 모진 학대
애비는 병들어 죽은 줄 안다

아, 슬퍼라 안타까워라
눈물도 법도 없었던 걸까
죄지은 자는 지옥불에 갔으리라

해처럼 달처럼 별처럼

환하고
따사로운 광명으로
두루두루 어루만지는 해를 보아라

어둡고
차가운 세상을 향해
사랑의 눈빛과 손길로 살라 하네

고요하고
보드라운 웃음꽃
어둠을 정성껏 밝히는 달을 보아라

싸늘하고
험한 밤일지라도
고이고이 감싸고 살피며 살라 하네

길을
잃지 않도록 밤을 새워
어둠 속에 빛나는 숱한 별을 보아라

사납고

힘든 세상 굽어보며

다정스러운 눈빛과 보듬는 손길

늘 해처럼 달처럼 별처럼 살라 하네

뿌리 계단

오랜 세월
그 얼마나 눈물겹도록 서럽고 아팠으랴

폭우가 내려 흙은 파여도
흙 위로 울퉁불퉁 튀어나와
얽히고설킨 굳센 뿌리 자리를 지켜 내고

산을 오르고 내릴 때
그대들이 계단이 되어 미끄러지지 않는다

벗겨진 살갗에
덕지덕지 엉겨 붙은 단단한 상처와 굳은살

가혹하고 잔인하게 짓밟는
모진 고통과 슬픔 묵묵히 참고 견뎌 내며

온몸 송두리째 바쳐 한결같이 베풀거늘
아, 위대하고 자랑스러우며 놀랍기만 하다

달리는 말 등에 올라타라

아무리
어렵고 힘들지라도
끝내 희망의 끈을 놓지 않는 한
스스로 포기하고
좌절하지 않는 한 절망이란 없다

절망의 문 앞에선
언제나 새로운 희망이
그대가 오기만을 기다리고 있거늘

쓰러지지만 않는다면
달리는 말을 갈아타듯
지체 없이 올라타기만 하면 되는 것이다

그대여
심히 지치고 고단할지라도
주먹을 불끈 쥐고 힘과 용기를 내라
그리고는 힘차게 달리는 말 등에 올라타라

사랑 말고는 다른 약이 없다

눈독을 들이거나
질질 침을 흘리거나
군침을 꼴깍꼴깍 삼킬 때
가장 이쁘다

사무치는 그리움
심장이 펄펄 끓고
시뻘겋게 달아오를 때
가장 아름답고 사랑스럽다

콩깍지가
눈앞을 가리거나
가슴이 벌렁벌렁 뛰면
사랑 말고는 다른 약이 없다

석양의 열망

어느덧
석양 무렵
수줍은 신부 맞이할 즈음

영롱히
끓는 가슴
밤새워 오롯이 사랑하다가

여명의
이른 아침
눈부시고 찬란히 솟구치리라

한도 끝도 없는 사랑

눈에 넣어도
안 아픈 내 새끼
뼈가 부서지고 손발이 다 닳아도
고단하고 힘들어도 밤낮 가리지 않고 일하리라

두고두고
아끼고 보살피리라
춥거나 덥지 않도록 잘 입히고
음식 골고루 먹여 건강하게 키우며
남부럽지 않게 고이고이 잘 가르치고
늘 뒷바라지 치다꺼리 훌륭한 사람 되게 하리라

쉼 없이
기도하고 사랑하리라
오로지 자식 위해 살아가리라
뚫고 헤치는 길 심히 사납고 험할지라도
끝끝내 뜨거운 관심과 정성을 멈추지 않으리라

어느샌가

마지막 숨을 거둘 그때까지

하나라도 더 챙겨 주고 알뜰살뜰히 지켜

이 세상에서 가장 보배로운 소중한 내 자식

책무와 도리를 다해 남김없이 아낌없이 바치리라

사랑의 꽃과 열매

빨강, 하양, 분홍...
펄펄 끓는 가슴을 녹여
아름다운 빛깔로 피어나서

아픔과 눈물 속에
빚어낸 사랑의 열매들
그 무엇이 이들보다 멋지랴

마음으로만 연리지처럼

만날 수는 없지만
늘 옆에 있는 것처럼
생각한다면 그 또한 사랑이리라

서로 많이 좋아하고
사무치게 그리워하면서도

단지 그냥
마음으로만 연리지의 인연처럼

서로를 위해
항상 기도하고 축복한다면
그 또한 곱고 아름다운 사랑이리라

페친을 향한 기도하는 마음

페이스북 속에서도 사랑이 있다
연리지 사랑이나 오작교 사랑보다
더 고소하고 달콤한 페친과의 소통이다

페북에 올린 모습과 이름만 알 뿐
대화를 나눈 적도 만난 적도 없지만
대고 끌리고 보고 싶은 그리운 사람이다

"커피의 향에 취해 보세요"
그녀가 밤중이나 새벽에 올리는 글이다
"그윽한 향기 황홀합니다"
출근 후 사무실에서 답신을 띄우지만
거의 매일같이 따뜻한 마음을 전하고 있다

오직 페북과 카톡으로
정성 들인 동영상이랑 대화들
진솔한 마음이 전율처럼 전해 오는
소식이 하루만 없어도 궁금하면서 답답하다

순결하면서도 진실된

활활 타오르는 불가마 같은

앞으로도 변함없이 이 같은 소통만을 바라는

폐친을 향한 기도하는 마음-

언제까지나 사랑해야지

한국적인 것이 가장 우리다운 것이거늘

옛 단군조선으로부터
반만년의 찬란한 문화를 지닌
우리나라는, 동방에 자리한 예의 바른 민족이다

효와 충을 바탕으로
온갖 예절을 오래 받들고 익혀
아름다운 미풍양속을 소중하게 여기며 살고 있다

숱한 시련과 역경
모진 침탈과 억압 속에서도
차마 갈기갈기 찢기고 망가질지언정
그동안 쌓고 일궈 낸 소중한 전통과 문화를
날로 날로 빛나게 갈고 닦아 멈춤 없이 이어 가고 있다

자랑스러운 민족이여
이제부터는 물려받아 갈고닦은
보배로운 얼과 넋을 본받고 높이 기려
세계 속에 보란 듯 새로운 우리 것을 꽃피우는 것이다

한국적인 것이
가장 우리다운 것이거늘,
거세게 일고 있는 변화의 물결 속에
기꺼이 수용하고 승화시킬 수 있는 민족이거늘,
한층 정성껏 가꾸어 길이길이 물려줘야 하지 않겠는가
우리는 해낼 수가 있다

알다가도 모를 사랑

사랑한다 말해 놓고
한눈은 왜 파는 거야

오직 당신뿐이라면서
엉뚱한 짓을 하고 그래

남편 마누라는 기본
애인은 많을수록 좋다고

아니 진짜 왜들 그래
알다가도 모를 사랑 타령

남녀노소 온통 난리야
사랑이 그렇게도 좋은가

달리다 넘어지면 다시 일어나 달리는 선수처럼

여럿이
달리기 경주를 하다가
다리의 균형을 잃거나 쥐가 나
자신도 모르는 사이에 넘어지는 경우

거기서
달리기를 포기할 것인가
다시 일어나 계속 달릴 것인가
그 결정은 오로지 선수 자신의 몫이다

인생의
여정도 다르지가 않다
지쳐 아파 투쟁을 멈출 것인가
바람과 파도와 싸워 뚫고 헤쳐 낼 것인가

고단하리라
흔들리고 허덕이리라
심히 눈물겹고 울부짖는 여정
한도 끝도 없이 참고 견뎌 내는 길이거늘

달리다 넘어지면

다시 일어나 달리는 선수처럼,

끝끝내 포기할 줄 모르는 도전은 아름답다

첫사랑이 꽃피던 시절

들뜬 기분
도무지 가눌 길이 없고
설레는 가슴 터질 듯 차올라
고운 꽃 이쁜 꽃 엮어 얼싸안고
그대 향하여 간절히 기도하던 시절

늦은 밤
소쩍새 임 찾는 소리
활활 타오르던 불길이여
어두운 밤 꼬박 새워 아침 해를
기다리는 해바라기의 불타는 열망처럼

달콤하고 황홀하게
첫사랑이 꽃피던 시절
밀물처럼 밀려드는 기쁨 행복
앞으로 뿌리고 가꿀 꿈이랑 소망
서로 다짐하고 약속하던 그 시절이여

잊을 수 없는 소중한 추억들
절절하게 기도하는 것만으로도
너무나 가슴 설레며 벅차던 그때
고이고이 얼싸안고 사랑하면서 살리라

꽃보다 고운 눈빛 더욱 빛나기를

이 세상 어느 꽃이
그대의 눈빛처럼 곱고 이쁘랴
이 세상 어느 꽃이
그대의 눈빛보다 환하게 빛나랴

볼수록 아름다운
맑게 빛나는 그윽한 웃음
고요한 호수 같은 잔잔한 그 미소

사랑과 축복 한가득 넘실거리는
너그러움 포용으로 보듬고 감싸는
밝은 해처럼 달처럼 별처럼 빛나는

한결같이 기도하는 듯
반짝이는 그대 착한 눈빛
온 누리를 향한 불타는 열망인 듯

그대 영롱한 눈빛이여
지그시 굽어보는 밝고 환한
어둠을 밝게 비추는 고귀한 빛이여
꽃보다 고운 그대 눈빛 더욱 빛나기를

속도가 필요한 이유에 대하여

하루를
일생처럼 살지라도
펄펄 끓는 열정과 도전도
너무 성급하게 서두르면 좋지 않다

먼 거리를
달릴 때일수록
높은 산을 오를 때일수록
무리하지 말고 속도를 조절해야 한다

열정에는
분명 한계가 있고
도전에도 저항이 따르며
강한 자신감일수록 커다란 함정이 있다

자만하지 마라
욕심을 앞세우지 마라
실족과 추락은 한순간이다
빨리 서두를수록 실수를 저지르기 쉽다

미리부터

실패를 두려워하진 마라

완급을 조절할지라도 충분조건은 아니다

감사의 조건

감사는 감사를 낳아요
감사할수록 더 생기지요
그 얼마나 축복받은 삶인가요
한결같이 복되고 아름다운가요

넓디넓은 우주 속에서
오직 하나뿐인 소중한 그대
주인공이자 왕이고 황제이지요
그 얼마나 존귀하고 자랑스러운가요

살아 있다는 사실만으로도
꿈과 소망을 향해 질주하는
뜨겁게 타오르는 열정과 투지
얼마든지 펼치고 이룰 수 있는 희망

주고받는 향기로운 사랑
고이 보듬고 감싸는 너그러움
자유와 평화를 갈망하는 눈빛들
좋은 세상을 밝히려는 기도의 촛불들

감사한 모든 것을 향해
감사가 넘치는 세상을 위해
더욱 많은 감사의 조건을 만들어 봐요

잘난 사람 못난 사람

너도나도
자기 잘난 멋에 산다
나보다 못난 사람은 없는데
내가 가장 잘난 걸로 착각한다

그 맛에
사는 걸 어쩌랴
혼자 폼을 잡고 으스대는 우쭐함

하기야
잘나고 못나 봐야
다 거기서 거기이고 오십보백보

하여튼
나보다 못난 사람은
세상에 한 사람도 없음을
죽을 때쯤에서야 늦게 깨닫게 된다

제아무리
까불고 뛰어 본들
뛰는 놈 위에 나는 놈 있다는 사실을

바위에 생긴 주름살

바위에도 주름이 있군요
일부러 찍찍 그은 것 같은
쩍쩍 갈라져 거미줄처럼 얽히고설킨

오랜 세월
비바람에 할퀴고 찢긴
눈물과 통곡이 빚어낸 주름살이련만

아, 그 얼마나
무지하게 저리고 아팠으랴
그 얼마나 울부짖고 몸부림을 쳤을까

모질고 험한 그 길
참고 견디랴 아로새긴 훈장들
다양한 도형을 새긴 듯한 걸작품이여

갈라지거나
서로 떨어지기 싫다는 듯
달라붙어 부둥켜안고 아픔을 달래는 듯

아파도 슬퍼도

언제까지나 하나이고 싶다는 안간힘일까

자랑스러운 예술품이여

아름다운 세상 더욱 아름답게

참 아름다워라!
해와 달과 별들이여
강과 바다와 산들이여

오대양과 육대주
어찌 그토록 멋진가
뭇 생명들의 보금자리

신비로운 대자연
실로 오묘한 풍광들
보배로운 하늘과 땅이여

대자연의 섭리인가
조물주의 걸작품인가
너무너무 아름다운 세상

날로 더욱 아름답게
사랑과 평화 넘치도록
웃음과 행복 가득하도록
다 함께 힘을 모아 가꾸세

그리움과 보고픔 그리고 기다림

이 내 마음속에
시도 때도 없이 너울지는
그리움은 도대체 무엇이고

이 내 가슴속에
때때로 시뻘겋게 일렁이는
뜨거운 보고픔은 또 무엇이며

이 내 영혼 속에
굽이치어 애타게 사무치는
기다림은 또한 그 무엇이런가

그립다
너무너무 보고 싶다
뜨겁게 타오르는 기다림이여

언제쯤 만날 수 있을까
외로운 내 마음이여 가슴이여

그대를 기다리고
기다리는 쓸쓸한 내 영혼
기도하는 그리움과 보고픔이여

미로를 헤매는 듯 알 듯 모를 듯

말의 온도

주고받는 말에는
때마다 온도가 있다

온화한 마음에선
따뜻한 말이 나오고

냉랭한 마음에선
차가운 말이 나온다

따사한 한마디
강퍅한 마음도 녹고

거친 한마디
뜨거운 마음도 언다

말을 할 적에는
온도를 맞춰야만 한다

사랑과 평화, 빛과 소금

온통 아수라장이다
사랑과 평화가 울부짖고
빛과 소금이 통곡하고 있다
악마와 괴물들이 날뛰는 세상
갈가리 찢기고 무너지고 있다

슬퍼 아파 아우성이다
캄캄한 어둠 속을 헤매고 있다
차가운 미로 속에 허덕이고 있다

빨리 멈춰야만 한다
죽음과 파멸의 길에서
절망과 종말의 구렁텅이에서
더 이상 추락하면 안 되는 길이다

짓밟히고 억눌린 자유여
사랑과 평화 빛과 소금이여
그대들이 지체 없이 일어서야 한다

웃음과 포용이 가득하고
강물처럼 흐르는 사랑과 평화
따사로운 햇살과 너그러운 가슴
함께 어울려 춤추고 노래하는 세상
서둘러야만 한다

시작은 있으나 끝은 없다

꿈과 소망을
이루기 위해 달리는 길에

시작은 있으나
마지막과 끝은 좀처럼 없다

결국 또 다른 시작을 향해
한도 끝도 없는 미로 속을 달린다

한 올 한 땀씩
정성껏 엮고 짠 열정은
점점 채워 가는 과정일 뿐
언제까지 미흡하고 공허하여
끝은 영영 보일 듯 말 듯 아득하다

보다 멋진 곳
많을수록 더 많은 것
높으면 보다 높은 곳을
이룬 것보다 새로운 것을 향해
끊임없이 도전하고 투쟁하는 그 열망

기어코 해내야만 한다
더 더 더 이루어야만 한다
활활 타오르는 불길에 휩싸여
사다리를 붙잡고 울부짖으며 몸부림친다

불새

불이다
태우고 녹이는 불길
일렁이는 시뻘건 불꽃이다

거침없이
펄렁이는 날갯짓
정의와 평화를 열망하는
이글거리는 찬란한 빛이다

죽음과
파멸을 경멸하고
사랑 자유를 갈구하며
슬픔과 아픔을 저주하는
절규와 함성이고 아우성이다

언제까지나
한사코 꺼지거나 멈추지 않을

훨훨 날아다니며
어둠을 밝히는 눈부신 광명이다

징검다리

인간은 하루하루
인생의 징검다리를 건넌다

꿈과 소망을 향한
찬란한 아침 해의 발길처럼

쉼 없이 나아가는
이글이글 불타는 뜨거운 열정

사랑과 평화를 위한
눈부시게 밝고 환한 눈빛
온 누리를 어루만지는 그 손길

곱고 아름다운 꽃들
춤추는 벌 나비, 새들의 합창
다 함께 징검다리를 건너고 있다

도전과 자신감

그대여
끝끝내 도전하라
나는 할 수 있다는
나도 해낼 수 있다는
굳센 자신감으로 투쟁하라

뚫고 헤쳐라
지치고 힘들어도
길이 거칠고 험해도
굽힐 줄 모르는 투지
이루고야 말겠다는 끈기로

참고 견뎌라
뼈저린 실패도
찢어지는 아픔 슬픔도
보란 듯이 딛고서 올라서라

바람과 파도여
얼마든지 오거라
가고 가리라 하고 하리라
결코 발길을 멈추지 않으리라

등댓불 사랑

칠흑같이
어두운 깊은 밤
사납게 울부짖는 어둠 속을
밤새도록 홀로 불 밝히는 그대여
진정 사랑이어라 뜨거운 사랑이어라

길을 찾는
나침반과 이정표여
캄캄한 밤길 속의 횃불이여
지체 말고 어서 오라 구원의 눈빛
깊은 사랑이어라 불타는 사랑이어라

한결같이
변함없는 환한 불빛
심히 외롭고 고통스러워도
눈이 오나 비가 오나 바람 불어도
묵묵히 밝혀 주는 위대한 사랑이어라

5월을 맞아

봄인 듯 여름이어라
늦봄과 초여름이 마주하는
산야를 가득 채우는 초록빛 물결

때는 바야흐로 농번기
대지를 흠뻑 적신 단비에
눈코 뜰 사이 없이 분주한 일손들

어느샌가 봄꽃은 지고
앞다퉈 피는 어여쁜 여름꽃들
찔레, 장미, 영산홍, 철쭉, 아카시아꽃...

구슬땀 흘리는 들녘에는
허기진 배 채우는 새참과 농주
얼큰하여 절로 나오는 흥겨운 가락들

마냥 싱그럽고 풍요로워라
터질 듯 부푼 넉넉한 가슴들이여
너울너울 춤추는 사랑과 평화의 파도여

가르치고 고쳐 주는 세월

뭐 서둘지 않아도 괜찮다
그냥 세월만 가도 좋아진다
철없는 망아지가 들뛰던 시절
눈 깜빡이고 킁킁거리던 버릇도
오줌싸개 키 쓰고 소금 동냥 철부지

다 그러면서 자라는 거였다
세월 속에서 깨닫고 철이 들면
놀리고 흉봐서 고쳐지는 게 아닌
세월이 흐르면 저절로 달라지는 것들

나쁜 버릇과 습관도 그랬다
배우고 익힘도 다르지 않았다
나이가 들어서야 비로소 달라지는
세 살 버릇 여든까지 가기도 한다만

몹쓸 행동도 나이가 치유했다
시간이 처방이고 약이며 의사였다
누구도 가르쳐 주지 못하는 지혜를
가장 믿음직스러운 것은 세월이었고
결국 이보다 더 좋은 가르침은 없었다

건강을 잃으면 무슨 소용이랴

꿈을
이루었으나
건강을 잃으면 무슨 소용이랴

이정표에
다다랐지만
건강을 잃었다면 다 부질없다

첫째도 건강
둘째도 건강...
마지막까지 건강, 건강인 것을

그대여,
건강하라

건강보다 더 값진 것은 없다
건강보다 더 소중한 보물은 없다

계절의 여왕답게

해마다
5월 중순쯤이면
계절의 여왕답게 어김없이
담벼락 울타리 너울너울 기대어
곱게 물결치는 천만 송이 장미꽃들이여

당장 터질 듯
설레는 가슴 고이 얼싸안고
수줍은 순정처럼 겹겹 에워싼 이쁜 맵시

사뭇 궁금한 양
어느샌가 활짝 웃는 환한 모습 모습이여
너무너무 예쁘고 아름다워라

온 누리를 향해
다 함께 내지르는 함성 소리
오라 멋들어지고 살맛 나는 좋은 세상이여

서로 뜨겁게 사랑하라
펄펄 끓고 활활 일렁이는
용광로 불가마처럼

하늘과 땅을 향해 목청껏
붉은 피를 토하며 소리치는 듯
오라 멋들어지고 살맛 나는 좋은 세상이여

고향 생각

그리움이 날개를 펼치면
시냇물이 흐르고 산야가 보이는 듯

오랜 세월이 흘렀어도
아련히 고개를 치켜들며 손짓을 하네

자꾸 생각나는 옛 추억
새록새록 피어나는 발자취와 무늬들

마음이랑 가슴에
잔잔한 물결이 일 듯
보고 싶은 모습들이 스치고 지나가는

정든 고향 이곳저곳
개구리 잡던 논밭 두렁 들꽃 고운 들녘

마을 뒷산 올라
탁 트인 서해 바다 보며
또래들과 어울려 봄꽃 구경하던 그 시절

마냥 소박한 시골 풍경
천기 대꼬개 장자울 광천 시내
어릴 적에 뛰놀던 여기저기 잊을 수 없네

구름 나그네

둥실둥실 두둥실
훨훨 신나게 하늘을 난다
꿈 찾아 날갯짓하는 새들처럼

바람이 부는 대로
발길이 머무는 대로
콧노래 흥얼흥얼 구름 나그네

둥실둥실 두둥실
아름답고 멋진 세상
춤추고 노래하는 구름 나그네

그리운 어머니

어머니!
어머니! 어머니!!
보고 싶은 어머니! 어머니!! 어머니!!!

부디
평안하세요
사랑하는 고마우신 어머니
아, 그립고 그리운 어머니! 어머니!! 어머니!!!

금계국과 각시붓꽃

천마산 관리사무소
앞 길가와 운동장 주변
금계국이랑 각시붓꽃이 반긴다

활짝 핀 노랑 송이들
살랑살랑 춤추며 손짓하고
곱게 핀 자주색 각시들이 웃는다

어느샌가 봄꽃은 지고
여름꽃들이 즐거움을 준다
언제 보아도 아름답고 예쁜 꽃들

저 들꽃들처럼
내 마음, 가슴과 영혼도
방실방실 밝고 환하게 피어났으면

한동안
꽃들을 보노라면
어느샌가 나도 덩달아 꽃송이가 된다

기다리는 시간

앞날의
꿈과 소망을 향한
간절한 기도이고 바람이다
활활 불타오르고 펄펄 끓는

언젠가는
잘되리라는
마침내 이루어지리라는

들끓는
맥박이자 호흡이요,
앞길을 향한 열망의 촛불이다

기도하는 마음

꿈과 소망을 향한
절절한 바람을 품고 녹이어
이루어지기를 간구하는 뜨거운 가슴

끝내 해내고야 말겠다는
반드시 이루고야 말겠다는
언젠가는 기어코 다다르겠다는
이글거리는 염원이고 일렁이는 열망이다

물을 떠나서는
살 수 없는 물고기처럼
기도가 멈추거나 식은 영혼 또한
불 꺼진 캄캄한 흑암이요,
오아시스 없는 삭막하고 황량한 사막 같거늘

설렘으로
꽉 찬 기도야말로
언제나 활활 불타고
변함없이 펄펄 끓어넘치는
내일을 향해 쉼 없이 달리는 희망의 함성이다

꿈과 소망을 향하여

무한한
가능성의 보고
앞으로 가꾸고 일굴 이정표

깊은
산골짝 계곡물이
돌과 뿌리 사이 뚫고 헤쳐
강과 바다를 향하여 흐르듯

가혹하고 잔인한
혹한과 폭염 속에서도
봄가을을 기다리는 초목처럼

제아무리
지치고 힘들어도
멈춤 없이 내달리는 열정과 도전

그 길이
심히 지치고 아파
울부짖고 몸부림칠지라도
결코 절망하거나 포기하지 않는다

끝자락

끄트머리는
종착역이 아닙니다
또다시 시작하는 이정표일 뿐이지요

가파른
낭떠러지가 있다 하여
거기가 산자락의 끝이 아닌 것처럼

아름답게
펼쳐진 산허리 속에는
굽이굽이 겹겹 둘러친 산 그리메처럼

너울너울
물결치는 생명의 신비
장엄하고 멋들어진 새로운 출발입니다

나라는 존재

나는 누굴까
나라는 존재는 뭘까

이 세상에
단 하나뿐인 나는
우주의 주인이고 황제이다

그렇다
이 우주는 바로 나의 것이다

나를 안다는 것은

나를
안다는 것은

내가 누군지
깨닫는 것은
우주를 아는 것과 같다

왜냐하면
나는 곧 우주이기 때문이다

날개

비록
저 새들처럼
훨훨 날아다닐 수 있는
멋진 날개는 없다 할지라도
마음만은 얼마든지 날 수가 있다

거친
파도 위에서
춤추며 노니는 갈매기들처럼
높푸른 창공을 가르는 독수리처럼
우주 어디라도 마음껏 날 수가 있다

마음과
가슴에 품은
창대히 이루려는 영혼의 질주
꽉 차게 돋아나는 소망의 날갯짓이면

힘차게
펄렁이는 열망의 깃발이라면
세상 그 어딘들 날아가지 못하겠는가

날씨 같은 마음

변덕스러운
장마철 날씨만큼이나
요사스러운 것이 인간의 마음일까

말과
행동이
이랬다저랬다 어영부영 얼렁뚱땅

뭐가
진실이고 거짓인지
진짜이고 가짜인지 당최 알 수가 없다

말과
행동은
마음의 거울인 것을
진정성이 의심스러우면 믿음이 안 간다

믿자
믿어야지 하면서도
어쩐지 석연치 않은 것은 그늘을 남긴다

남은 세월

어제가 있었고
오늘이 있다 하여
내일까지 있으리라 믿지 마라

바람이 스치듯
구름이 흘러가듯
잠시 잠깐 지나가는 세월처럼

꽃잎과 낙엽이
언제 떨어질지 모르듯
인생 또한 나그네의 길인 것을

대체 누구란 말인가

대체
누구란 말인가
찾아도 찾아도
도무지 찾을 수 없는 나는

아무리
찾고 또 찾아도
끝끝내 찾을 길 없는 나는

도대체 나는
누구란 말이냐
아, 나는 나는 나는 누구인가

도전과 투쟁

삶의 길이란 것은
시작부터 마지막까지
도전과 투쟁의 연속이어라

꿈을 가꾸는 그대여
소망을 일구는 길이여
희망으로 향하는 발길이여

고통 없는 도전이나
시련 없는 투쟁은 없다
끝끝내 도전하고 투쟁하라

심히 지치고 힘겨워도
도전과 투쟁의 발걸음을
멈추거나 되돌리지는 마라

희망은 이루어지리라
열망의 그날은 오리라
꽃이 피고 열매도 맺으리라

도토리 키 재기

물론 사람마다
지식과 지혜의 크기 깊이가 다르고
누리는 재물 명예 또한 천차만별이지만
그래봤자 갈 무렵쯤에는 다 거기서 거기인 것을

하루 세 끼 먹고
화장실 똥오줌 싸고
재주껏 계집질 서방질도 하며
저마다 남몰래 숨기고 싶은 비밀도 지니고 사는,

어쨌거나 누가 뭐래도
멋들어지게 성공을 해야 한다
기어코 출세하고 부자도 돼야만 한다
비록 짧은 인생을 살지라도 보란 듯 땅땅거리다가

당당히 짧고 굵게 살다가
헛기침도 하고 군림하기도 하면서
이왕이면 크고 많이 가질수록 좋은 건 사실 아닌가

하지만 아무리
뛰고 날며 폼 잡고 으스대 본들 도토리 키 재기인 것을

결국에는
허허 텅 빈 채 겨우 한 줌 재와 흙만 쓸쓸히 남거늘

돌고 도는 물레방아

쏟아지면
다시 퍼 올리고
올린 물 또 쏟아지고
결국 제자리를 돌고 돌지만

늘 다르다
새로 얽히고설킨
물레방아 돌릴 적마다
쏟아붓는 열정과 힘찬 물살

그때그때
같은 듯 다른 인연
항상 새로움으로 만나
같이 어우러지는 포용과 화합

소중한 인연,
함께한다는 것은
얼크러설크러 쉼 없이
돌리고 돌려야만 하는 길이다

돌확

잔인하도록
아파도 아픈 대로
끝내 참고 견뎌 냈어라

무너지도록
저리고 쑤신 몸통
통곡으로 몸부림치며

두들겨 패어
쓿고 으깨며 빻는
기어코 가야 할 길임에

돌이켜 보니
아찔한 힘든 그 길
묵묵히 겪어 낸 추억들

심히 서럽고
가혹한 길이었어도
반겨 주는 고마운 손길들

동방의 태양

오늘이 바로 8.15 광복의 날,
나라 잃은 설움이 그 얼마나 컸길래
정녕 나라 없어 겪어야만 했던 아픔들이
그 얼마나 가슴속 깊이깊이 새기고 엉켜 사무쳤길래

대한 독립 만세!
목구멍이 터지거라 외쳐 대는
북받치는 환호성, 벅차오르는 함성 소리
전국의 방방곡곡을 가득 채워 메아리치고
휘날리는 태극기의 신난 물결 거리마다 출렁이었던가

36년이라는 길고 먼 세월
갈기갈기 찢기고 눈물겹도록 짓밟힌 채
울부짖고 몸부림친 슬픔과 아픔 어찌 잊을 수 있으랴

아, 그뿐이랴,
지난날 몸서리쳐지는 수많은
모진 침탈과 핍박 속에서도 지켜 낸 조국
이제는 보란 듯 세계 속에 우뚝 선 자랑스러운 나라
우리는 동방의 빛나는 찬란한 태양, 위대한 대한민국이다

상처와 고난의 역사는 값진 교훈,
다시는 되풀이하지 말아야 할 눈물과 통곡이여
다 함께 자유와 평화를 지켜 내기 위하여 새롭게 되새기자
동방의 태양이여

동행

함께하는 길
같이 걷는 걸음
버무린 귀한 인연

한 올 한 땀
고이고이 엮어
손잡고 기댄 어깨

마음과 가슴
영혼까지 녹인
소중한 꽃과 열매

마음밭

그대여,

스스로
마음밭에
사랑을 심어라
꽃과 나무들도 가꿔라

예쁘고
향기로운
사랑의 꽃 활짝 피도록

팀스러운
열매들도
알알이 주렁주렁 열리도록

그대
가슴속은
사랑의 꽃과 나무
웃음과 행복으로 가득하리라

마지막까지 살아 내야만 하는 이유

아무리
어렵고 힘들지라도
절대 좌절하거나 포기하지 말고
마지막까지 살아 내야만 하는 이유는
앞으로 소중히 가꾸려는 꿈과 소망 때문이다

달콤한
사랑도 곱게 꽃피우고
슬픔과 아픔도 떠날 날 있겠지
사납고 험한 풍파 멈출 날도 있으리
언젠가는 웃음이랑 행복도 깃들 날이 오리라

끝끝내
악착같이 살아남는다면
하늘에서도 힘든 처지를 헤아리시고

수많은 시련과 역경 뚫고 헤쳐 내노라면
삶의 고귀한 가치 또한 꽃필 날도 올 것이거늘

인생이란

실로 아름답고 멋진 여정

켜켜이 겹겹이 모진 길 걷는다 해도

보란 듯이 당당하게 살아 내야만 하지 않겠는가

멀지도 가깝지도 않은

인연이란
대체 무얼까

사랑이란
대체 무얼까

까도 까도
겹겹이 켜켜이

도무지
알 듯 모를 듯

가까운 듯 멀고
먼 듯이 가까워라

모두가 못 잊을 추억 속의 지난날

슬퍼 아파
많이도 울었고
힘들고 고단했던 지난날이었지만
이제 돌아보니 디딤돌이고 밑거름이었다

그를 딛고
오늘을 이루었으니
어느 하나도 버리기가 쉽지 않은
울부짖고 몸부림쳤어도 그리운 추억이여

뇌리에 맴도는
이런저런 숱한 사연들
헤어진 그 사랑 못 잊고 그리워
사무치는 슬픔 여미며 많이도 아파했었다

모두가 못 잊을
그리운 지난날이어라
가슴속 깊이 겹겹이 켜켜이 엉키어
언제까지나 보듬고 부둥켜안을 추억이어라

아파도 내 인생

슬퍼도 내 지난날인 것을

이 세상에 아프고 슬프지 않은 삶이 있으랴

무식과 유식

속속들이 다 알 순 없지만
그래도 알아야지 면장을 하는데
모르는 인간도 시켜 주면 그냥저냥 해낸다

무식한 인간일수록 용감하다
똥고집 앞세워 무지막지하게 밀어붙인다

나중에 터지면 몰라서 그랬다
똥배와 오리발을 내밀면 되는 세상 아닌가

많이 알수록 처신하기 어렵다
이것저것 짚다가 보면 나 걸린다
일부러 잘못된 길을 갈 수는 없고
나중 추궁이 겁나 함부로 나서지도 못한다

잣대와 저울 또한 이현령비현령
차라리 모르는 게 속이 편할 수도 있다
까짓것 모르겠다 한 번 죽지 두 번 죽겠는가

그래도 그렇지 근신하는 게 좋다
엉망진창이요, 뒤죽박죽이며 개판이어도
현자만이라도 그런 길을 가면 안 되지 않을까

무한 도전의 끝

한도 끝도 없이
펼쳐지는 도전의 길은
제아무리 멀고 험할지라도
걸음을 멈추거나 포기하지 않는다

가야만 한다
꼭 가고야 말리라
기어코 해내고야 말겠다
식거나 꺼지지 않은 열정의 불꽃이여

눈물겹도록 처절하고
숨 막히도록 가파른 그 길
가쁜 숨 몰아쉬며 구슬땀을 쏟아 내는

가능성을 향한 도전
성공은 또 다른 희망을 찾고
분만은 새로운 꿈을 또 잉태하는 길

오로지 가고 또 갈 뿐
이어지는 고달픈 그 길에 끝이란 없다

물과 강과 바다

물길처럼 흐르고
물줄기처럼 살아가자

높은 곳에서
낮은 곳을 향해
흘러내리는 물줄기는

길이 막히면
휘거나 돌아가고
더러운 물도 얼싸안는다

어떤 그릇도
넉넉히 채워 주며
장엄한 폭포수처럼
호령하는 맹렬한 그 기세

바위도 뚫는
오랜 인내와 끈기
결국 바다를 이루는 대의

뭇 생명을
보듬고 기르는
너그럽고 고귀한 보금자리

물과 강과 바다는
언제나 그대로 물일 뿐이다

물레방아 같은 인생

돌아라 방아야
빙글빙글 돌고 돌아라
그냥 그렇게 돌고 또 돌아가라

사랑도 재물도
명예도 근심 걱정도
결국 변하지 않는 것은 없나니

방아야 돌아라
물레방아 같은 인생
폼 나고 신바람 나게 돌고 돌아라

물처럼 바다처럼 살 수는 없을까

저 굽이치는 물살을 보라
저 넘실거리는 파도를 보라
결국 뭉칠 뿐 흩어지지 않는다

좁은 계곡, 개울, 하천
쉼 없이 흘러내리는 모습
반가이 맞이하는 저 강과 바다

뭇 생명들의 보금자리
먹이고 기르는 넉넉한 젖줄
한결같이 너그럽고 맑은 생명수

늘 사랑과 포용으로
서로 얼싸안는 그 가슴
한없이 깊고 너른 안식처
그윽한 사랑과 평화의 물결이여

바람과 파도

풀과 나무 강과 바다는
고요하여 잠잠하고 싶어도
바람과 파도가 놔두지 않는다

거칠고 험하게 흔든다
엉망진창 뒤죽박죽 헝클고
갈가리 찢어발기고 부숴 버린다

휘몰아치는
사나운 폭풍우는
자못 가혹하고 잔인하여
평온을 짓밟아 허물어 버리며
눈물과 슬픔 통곡의 아우성이다

하지만 제아무리
모질고 강한 폭풍우일지라도
시간이 흐르면 점점 약해지고

어두운 밤 지나면 아침이 오듯
추운 겨울 지나면 봄날이 오듯
머지않아 곧 밝고 환한 날이 온다

사노라면

사노라면,
이런저런 기쁨과 슬픔
얽히고설키는 사연이 많으리라

웃다가 울다가
만나고 헤어지고
건강하다 아프다가
사랑하다가 미워하다가

산다는 것은,
거친 바람과 파도를
뚫고 헤치는 길이거늘
어찌 지치고 고단하지 않겠는가

통곡하리라
원망하고 분노하리라
아파 울부짖고 몸부림도 치리라

하지만,
아무리 어렵고 힘들어도
꿈과 소망을 포기하지는 말거라
사노라면,
언젠간 꽃이 피고 열매도 맺으리니

사랑의 불꽃

애가 타도록
사무치는 그리움
용광로 쇳물처럼 펄펄 끓다가
불가마 불길처럼 활활 타오르다

밤을 새워
아침 해를 기다리는
해바라기의 불타는 눈빛처럼
곱게 일렁이던 사랑의 불꽃이건만

영원토록
언제까지나 변함없이
사랑하자 함께하자 같이 가자
굳게 맺은 인연의 맹세를 잊었는가

야속하여라
펄펄 끓던 가슴
활활 불타던 영혼이
어느샌가 차갑게 식고 꺼졌단 말인가

산봉우리가 높을수록 계곡도 깊다

높이
솟구쳐 오른 산을 보라
봉우리가 높으면 높을수록
가슴에 품고 있는 계곡 또한 깊다

인간 또한
이와 다르지를 않다
장점이 많을수록 단점 또한 많은 것을

잘잘못과
공과를 판단함에 있어
잘못과 과오가 두드러지고 크다 하여

쌓아 올린
위대한 업적과 공로마저
짓밟아 뭉개 버리거나 허물면 안 된다

잣대와 재단보다는
역사의 심판에 맡기는 게 좋지 않을까

삶은 순간순간이 기적이다

아무도 모른다
언제 바람이 불지
느닷없이 파도가 덮칠지

눈 깜짝할 사이
전혀 모르는 순간
죽음과 파멸이 일어난다

지금 살아 있음이
무사하다는 사실이
참 놀라운 축복이자 행운

정녕 기적만 같은
너무너무 고마운 삶
실로 순간순간이 기적이다

기적이 아니고는
달리 설명할 수가 없다
기적이 아니라면 뭐란 말인가

삶의 뜨락과 길섶

거친 바람이 불고
험한 파도가 일렁이는
고달픈 삶의 뜨락과 길섶에는

심히 어렵고 힘들지라도
끝끝내 살아가야만 한다는
눈물겨운 울부짖음과 몸부림들

숱한 슬픔과 아픔
모질도록 참고 견뎌 내며
그래도 살아남아야만 한다는
고귀한 삶의 위대한 여정 앞에
절망하거나 좌절할 수 없는 생명력이여

삶이란
으레 그런 것이려니
고통과 시련을 뚫고 헤쳐 내는
한도 끝도 없는 처절한 도전과 투쟁의 길

꿈과 소망을 향한

뜨거운 열망 활활 불사르며

결코 멈추거나 그만둘 수 없는 값진 길이여

생각과 마음의 힘

생각과 마음이
머무는 영역은 무궁무진하고
헤아리는 궤도 또한 한도 끝도 없다

얼마든지
확장할 수도 있고
한계를 무너뜨리며 질주할 수도 있다

이처럼
확장과 질주는
놀랍도록
새로운 세계를 창출하여
울타리를 치거나 묶어 버리려는 시도를
단호히 배척한다

생각과 마음의 힘은
도전과 창조를 향한 동력으로 작동하고

폭넓은 생각은
또 다른 다양한 생각을 낳으며
보다 진취적인 마음은
새로운 변화를 잉태 분만하는 기폭제이다

소풍처럼, 여행처럼

삶이란
하루하루가 소풍이고 여행이다

일상은 소풍처럼
한평생을 여행처럼
멋들어지고 즐거운 길 아닌가

산다는 것은
세파를 뚫고 헤치며
가꾸고 일구며 노를 젓는 여정

인생이란 결국
소풍처럼 여행처럼 가는 길이다

순간순간이 기적이어라

기적이야 기적이어라
살아 숨 쉬는 맥박과 호흡
순간순간이 놀라운 기적이어라

어느 순간 터질지
언제 폭발할지 모르는
온갖 사건과 사고, 전쟁과 파멸

잠시 뒤에 한순간
아슬아슬 위태로운 여정
바로 지금 살아 있음도 기적이다

그렇다
기적이 아니라면
달리 설명할 방법이 없다
삶이란 오직 기적의 연속 아닌가

따사로운 사랑도
바다 같은 자유와 평화도

느닷없이 깨지고 박살 날지

감사해야 할 축복이요, 행운-

모두가 다 기적이 낳은 선물이어라

숨기고 싶은 진실

여러
진실 가운데는
묵묵히 혼자서만 보듬고서
드러내고 싶지 않은 진실이 있다

은밀히
사랑하는 마음
남 허물을 감춰 주고
소중히 가꾸고 일구는 꿈과 소망

엉키는
아픔이 클수록
영롱하게 빛나는 진주알처럼
서리서리 사무치는 그리움 속에
혼자만 울부짖고 몸부림치는 영혼

죽도록
영원토록 숨기고 싶은
끝내 말하고 싶지 않은 진실도 있다

스치는 바람이 그대라면

인연이란 것은
스치는 바람 같은 것이라지만
그대가 스치는 바람이라면 난 싫어요

짧은 만남 속에
그 무엇을 뿌리고 일구며 가꾸겠어요

잠시 잠깐 사이
어떤 사랑을 나누고 정을 주고받겠어요

심연의 샘물

사랑과 감사는
마음속의 향기로운 꽃송이지요

곱디고운 꽃은
우아하고 그윽하며 아름답지요

사랑하는 마음
감사하는 영혼은
넘치도록 달콤하고 넉넉합니다

식지 않는 사랑
멈추지 않는 감사
솟아오르는 심연의 샘물
넘실거리는 물결이요, 축복입니다

사랑하고 사랑하는
감사하고 또 감사하는
가장 멋들어진 행복한 삶이랍니다

아우성

지구촌 곳곳에서
아픔과 슬픔의 울부짖음이 멈추지 않는다

새로운 전염병이 번져
예서 제서 온통 난리도 아니고
소중한 생명들이 병에 걸려 쓰러지고 죽는다

무시무시한 산불에
사나운 태풍까지 불어
삽시간에 잿더미가 되거나
소중한 목숨이 불에 타서 죽고 행방도 모른다

푹푹 찌는 폭염과 열대야
강한 바람과 폭우에 산사태가 나고
다리가 무너지고 하천이 넘쳐 쑥대밭을 만든다

어찌 이뿐이랴
도무지 멈출 줄 모르는 참혹한 전쟁들
죽음과 파멸로 몸부림치며 통곡과 눈물바다이다

아, 어쩐다
모두가 열망하는 웃음과 사랑과 자유와 평화여
언제까지나 처절한 아우성 속에 내버려 둘 터인가

어느 세상이 이처럼 아름다우랴

6월 10일 흐린 토요일
경춘 자전거도로 걷는데
산에는 밤꽃 물결 넘실거리고
길가 지천으로 만개한 개망초꽃
올 농사는 아마도 풍작이 들려나 보다

흐드러진 꽃들만 봐도
마음이 푸짐하고 넉넉하다
벌써 알알이 영근 밤 보이는 듯
게다가 곱게 핀 노랑 금계국 물결이여

한창 자라는 논배미의 벼 포기들
크고 작게 자리한 우거진 밭에는
푸짐한 옥수수 감자 고구마 콩 넝쿨
푹푹 찌는 한낮 햇볕 속에 자라고 있다

어느 세상이 이처럼 아름다우랴
자연의 맥박과 숨결 가득 흘러넘치는
대한민국은 지금 삼천리금수강산이거늘
아, 너무너무 살기 좋은 자랑스러운 조국이여

어제와 오늘과 내일

어제는
오늘의 디딤돌이요,

오늘은
내일의 징검다리이지

어제 없는
오늘이 없는 것처럼

오늘 없이는
소망의 내일도 없네

단 하루만
없어도 끝나는 여정

다 같이
소중한 날들
어제와 오늘과 내일이여

얼마나 더

아,
그 얼마나 더 아파야
모진 시련이 멈추려는가

아,
그 얼마나 더 울어야
맺힌 설움이 풀리려는가

모른다
아픔과 슬픔의 연속이
굽이쳐 흐르는 인생이거늘

견뎌야 한다
끝끝내 힘써 애써
손짓하는 꿈과 소망을 향해

거친 풍랑을
뚫고 헤치는 배처럼
도전하고 투쟁하는 여정이여

엄마의 일생

그동안 겪어야만 했던
모진 수고 아픔도 모자라
살갗을 찢고 피를 쏟아 내며
갓 나온 아이의 울음을 듣는 순간
아, 이제야 비로소 진짜 엄마가 되었구나

뜨거운 감격의 눈물이
미처 마르지도 않았건만
가슴을 꽉 채우는 벅찬 무게는
바로 엄마가 짊어지고 가야만 할 버거운 짐인 것을

어떻게 해서라도 잘 키워야 한다
어떠한 시련과 어려움이 있다 하여도
이 아이를 위해서라면 나의 일생을 오롯이 바치리라

활활 타오르고 펄펄 끓는
마음과 가슴 그리고 영혼으로
오로지 자식 잘되기만을 바라는
멈추거나 끊이지 않는 기도와 사랑
한결같이 철철 흘러넘치는 따끈한 정성
저 눈부신 햇살보다도 포근하고 따사한 눈빛과 손길

아무리 슬프고 아플지라도

끝끝내 참고 견뎌 낼 뿐 결코 눈물을 보이지 않으리라

여자와 어머니

여자와
어머니는
같은 여성이면서
삶의 가치와 길은 전혀 다르다

여자는
헤아릴 수도 없이 많지만
어머니는
오로지 한 분뿐이시고

여자는
바람과 파도에 쓰러지지만
어머니는 거센 폭풍우도 이긴다

여자는
실망한 남자와 헤어지지만
어머니는
자식 위해 끝까지 참고 견디시며

어머니는
여성의 신분은 버리신 채
오직
자식만을 위해 기도하시는
세상에서 가장 위대하신 분이시다

연단과 담금질

대장간에서
단단하고 질이 좋은
쇠붙이를 만들기 위해서는
불에 달궈 수천 번을 두드리고
급랭시키는 담금질을 거듭하는 것처럼

모진 폭염과 혹한을
울부짖고 몸부림치면서
굳세게 참고 견뎌 낸 나무여야
예쁜 꽃을 피우고 열매를 맺는 것처럼

인생 또한 그러하여
사납고 험하게 밀려오는
풍파를 뚫고 헤쳐 내야만 하는
순간순간이 고통과 시련의 연속인 것이다

어찌 버겁지 않으랴
아프고 슬프지 않겠는가
눈물겹도록 지치고 고단하지만
그래, 그런 것이 길이려니 걸어가는 것이다

영글어 가는 보리 이삭들

때는 청보리가 익어 가는 시절
날이 갈수록 점점 통통 영글어 가는
다닥다닥 달라붙은 싱그러운 알갱이들
우주의 힘찬 맥박과 호흡을 빨아들이는 듯

하루가 달리 배불러 오고
흥겨운 멋과 맛에 취한 듯 덩실덩실
한껏 넘실거리는 들녘의 주인공만 같은
이맘때를 위해 추운 겨울 참고 견딘 것인가

세상 부러울 것 없다는 양
어느새 남산만 한 배 불룩 내밀고는
따사롭고 포근한 햇살 고이고이 쓸어 담는
뜨거운 심장 속에 펄펄 끓는 잉태를 향한 열망

볼수록 아름답고 풍요로운
너무너무 탐스럽고 장한 모습이어라
한가득 너울거리는 사랑과 자유와 평화의 물결

날로 날로 서서히 무르익어
어느덧 너울너울 황금빛으로 물들일 이삭들이여

영면의 길목에서

친구여,
두 달 전만 해도
아무렇지도 않다는 듯이

까맣게
새로 나온 까까머리
밝은 얼굴색, 빛나는 눈빛

그래, 그랬는데
이게 웬 날벼락인가
요 며칠 왠지 궁금 터니
갑자기 날아든 부음의 소식

뭐가 그리도 급해
서둘러 갈 길도 아닌데
그냥 훌쩍 빨리 가시었는가

어쩔 수 없었겠지
재발하지만 않는다면...
가기 싫어도 가야만 했겠지

참 수고했어, 친구여
어려운 일들 많이 했어
이제는 편안하게 쉬시게나
사십 년 넘게 쌓은 우정이여

오만의 수렁

사유의 길은
다양하고 다채롭지만
착각의 늪은 경계해야 한다

섣부른
주장은 위험하다
설익은 판단 또한 금물이다

자신만이
옳다는 옹고집
자기가 최고라는 우쭐과 오만

모르면
용감하다는 말처럼
무지에서 비롯되는 잘못이 많다

왜가리와 두더지

두더지가
수북이 쌓아 놓은 흙더미 옆

바깥으로
머리를 내미는 찰나
날카로운 부리로 쪼려는 듯

숨죽이고
그때만 노리는
숨 막히는 긴장 속의 기다림

마침내,
화살처럼
먹이를 콕 낚아채는 주둥이

뿌듯한 듯
끔벅끔벅 굴리는 두 눈망울

통째로
꿀렁꿀렁 삼키는
눈물겨운 생사의 갈림길이여

용광로의 쇳물처럼

시를 쓸 때
머리와 생각만으로 쓰는 것보다는

옹달샘처럼
뽀글뽀글 솟아오르는 시심
밤새도록 불 지펴
깊이 우려낸 사골국 같은 감성
깨달음과 지혜로 빚어낸 멋진 춤사위

마음과 가슴
그리고 영혼을 한데 버무려
용광로의 쇳물처럼 녹일 수만 있다면

마음이 불끈 용솟음치고
가슴속이 활활 타오르며
희로애락의 율동이 분수처럼 솟구치어

온 누리를 휘감은 멋진 운무처럼
파도 더미 넘실거리는 망망대해와 같은

그 속에 홀려 취해 깊이 빠지어
노래하고 춤추며 노닐 수만 있다면
아, 날아갈 듯이 신나고 멋지며 좋을까요

용기와 집착

펄펄 끓는 열정
꿈을 향한 거센 도전

어렵고 힘들어도
굽힐 줄 모르는 투지

앞서
두려워하지 않는다

할까 말까
망설이지도 않는다

거센
바람과 파도를
기필코 뚫고 헤친다

포기할 줄도 안다
집착하지 않는 지혜

갈 길은 많다
새로운 변화를 좇아서

우주의 주인이자 왕이고 황제이다

이 세상에서
단 하나뿐인 그대는
우주의 주인이자 왕이고 황제이다

그대 가슴에
우주를 품고 있으니
찬란한 태양이나 우주보다 소중하다

존귀한 그대여
이 세상을 아름답게 가꾸고 일구어라

아픔과 슬픔
참혹한 전쟁, 파멸 하루속히 끝내고

사랑과 평화
한가득 넘실거리는
항상 밝은 웃음 행복한 세상 만들어라

그대야말로,
이 우주의 주인이자 왕이고 황제이거늘

위대한 영웅들

바보 아닌
인간이 없지만
영웅 아닌 인간도 없다
인간은 모두 다 바보이면서 영웅이다

자기가
바보인 걸 모른다
어리석고 멍청하기 때문에
자신이 영웅 아닌 영웅인 사실을 모른다

바보이고
영웅 아닌 인간들
멋대로 폼 잡고 으스대면서
바보 같은 영웅인 것처럼 살아가고 있다

그 정도까지야
그런대로 괜찮다 그냥 눈감아 줄 만하다

자신이 진짜 바보요,
영웅이 아닌 걸 아는 것보다
차라리 모르고서 살아가는 편이 훨씬 낫다

좀 모자라면 어떠한가
완벽한 인간은 없다

유익하고 근사한

얼핏
보이지도 않는
올무로 낚아 얽어매
먹이를 잡아먹는 거미
얍삽하고 음흉한 사기꾼처럼

미리
먹이를 저장해
겨울을 지내는 개미
지들만 배불리 먹을 뿐
베풀 줄을 모르는 구두쇠처럼

서로
일을 분담하여
항상 부지런한 꿀벌
소중한 꿀도 나누어 주며
아낌없이 베풀면서 살아가지요

과연
어떻게 살아야
널리 유익하고 근사한 삶일까요

이제는 멀리 버리고 싶은 미움과 분노

그동안 많은 세월이 흘러갔지만
아직도 아물지 않은 상처가 너무 커

이제는 멀리 버려야지 잊어야지
모두 다 그만 용서해야지 되뇌면서도

마음과 가슴과 영혼 속 깊이깊이
켜켜이 달라붙은 옹이와 응어리들이
미움과 분노의 불길로 활활 타오르네

때 묻지 않은
믿음이 산산이 부서져 버린
지난날의 배신이 하도 기가 막혀
도저히 잊을 수 없는 상처로 남아 있네

반세기나 흘렀다
오래전 딴 세상 사람이다
미워하는 내 마음만 더 슬프고 아플 뿐

생각하면 할수록 끓는 미움과 분노는
또 다른 미움과 분노를 낳을 뿐이거늘
이제는 다 멀리 버리고 명복이나 빌리라

잎새와 단풍과 낙엽 사이

하나인 듯 셋이고
셋인 듯 또한 하나인 것을
서로가 자리를 주거니 받거니
저마다 소명을 즐기고 만끽하며
계절에 맞추고 자연의 섭리에 따른다

선택할
자유와 권리가 없이
심히 힘들고 험한 길이지만
끝끝내 가야 할 발길을 멈추지 않는다

너울너울
넘실거리는 잎새들
풍성히 익고 영그는 열매들
곱고 아름다운 빛깔 빨강 노랑 갈색...

바람에
흩날리면서야 안다
결국 하나 아닌 셋인 것을
저마다 스스로 가야만 하는 길인 것도

눈물겹도록 아파 슬퍼도
산산이 부서지고 썩는 길임에도
머잖아 다시금 찾아올 꿈이자 소망임을

자기 인생은 자기가 만든다

그대여, 그대 인생은
그대 스스로가 만드는 것이다
많은 사람 중에 아무도 대신해 줄 수가 없다

몸소 높은 산을
반 발짝 한 걸음씩
줄기차게 오르는 것처럼
무릇 자기 인생은 자신이 가꾸고 일구는 것

자기 자신을
귀하게 만들려면
소중한 꿈과 소망을 향해
쉼 없이 연단하고 담금질하며
끊임없이 갈고닦아야 뜻을 이룰 수가 있다

자신을 인정하고 칭찬하라
항상 긍정적인 마음을 지녀라
장차 원대한 꿈과 희망을 품어라
이룰 수 있다는 자신감부터 가져라
끝내 굽힘 없는 집념 도전하고 투쟁하라
자신을 죽도록 사랑하고 매사에 감사하라
언젠간 꽃이 피고 열망의 열매를 맺을 것이다

자기 인생은 자신이 살아가는 것이다

가파른 산을 오르는 것이나
굽이치는 강물을 건너는 것이나
자신이 몸소 오르고 건너야만 하는 것처럼

거친 바람과 파도를
뚫고 헤치는 망망대해처럼
스스로 하지 않으면 아무도 대신해 주지 않는다

심히 어렵고 힘들지라도
눈물겹도록 아프고 슬플지라도
그만두거나 굽힐 줄 모르는 뜨거운 열정과 투지

너무 지쳐 아파
울부짖고 몸부림치면서도
멈추거나 쓰러지지 않는 줄기찬 무한 도전
끝끝내 가꾸고 일구면 꿈과 소망을 이룰 수 있다

자기 인생은
오롯이 자신이 살아가는 것이다
기다리는 꿈과 소망을 꽃피울 수 있다
아름답고 보배로운 열망의 그날을 맞을 수 있으리라

자기 홍보 시대

보기 좋은 떡이 먹기도 좋듯
잘 가꿀수록 빛나고 환하지요

소망을 향해 도전하는 열정
이룰 수 있다는 자신감과 패기
기어코 해내고야 말겠다는 투지

너무 지나치지만 않는다면
모양 좋게 포장한 상품처럼
연지 곤지 곱게 바른 새색시처럼
자기 홍보가 소중한 시대이지요

오직 새빨간 거짓만 아니면
양심까지 버린 가짜만 아니면
일부러 속이려는 위장만 아니면
그냥 누구나 다 하는 정도라면(?)
크게 꾸짖거나 비난하진 않을 겁니다

자신과의 싸움

한평생의
삶을 살면서
가장 힘든 싸움이
자기 자신과의 싸움이지요

하기 싫어도
참고 견디며 해내야 하고
그만두고 싶지만
달리다 멈출 수도 없는 길

산다는 것은
출발에서 마지막까지
살아 있는 동안 쉼 없이
투쟁의 연속이기 때문이지요

거친 바람과
험한 파도 닥칠지라도
뚫고 헤쳐 내는 도전과 모험
자신과의 싸움이 곧 삶이지요

작지만, 결코 작지 않은 것들

티끌 모아
태산이라 했던가
일 초 일 분들이 쌓여 영겁을 이룬다

비록 출발은
작고 미약하지만
작은 것들이 모여 큰 결과를 낳는다

신체의 일부
생각의 파편들
사랑과 정성스러운 마음과 손길
날마다 이어지는 뜨거운 도전과 투쟁

작은 물방울이
한데 고이고 모여
시냇물과 강 그리고 큰 바다를 이루듯

하나하나는
아주 작을지라도
결국 그들이 쌓이고 모여 우주를 만든다

장독대 항아리들

크고 작은
여럿 항아리들은
뜨거운 정성과 기도의 보고이다

오랜 세월
묵고 삭힐수록
그윽하고 감미로운 그 맛과 향기

고이고이
보살피는 손길
마음과 가슴, 혼과 넋이
속속들이 녹아 거듭나는 것이다

저마다
위대한 탄생으로
삭고 우린 찬란한 색깔로
흉내 낼 수 없는 품격을 자랑하는

식탁의
진정한 주인공들
다채로운 요리의 왕이자 황제이다

저 구름은 내 맘 알까

둥실둥실 두둥실
저 구름은 내 맘 알까

그리움 가득 싣고
흘러가는 고운 구름아

함께 가고 싶어라
내 임 찾아 어디까지나

가다가 만나걸랑
기다린다 꼭 전해 다오

사랑 사랑 내 사랑
애태워 그리며 기다림을

전쟁과 평화

평화를
갈망하면서도
서로 으르렁거리며 싸운다

사랑을
열망하면서도
미워하고 저주하며 다툰다

모두
미쳐 가고들 있다
죽음과 파멸을 향하여
하나같이 다 정상이 아니다

멈춰야
함을 알면서도
끝내야 함을 잘 알면서도
미치광이처럼 날뛰고들 있다

전체가 하나

튼튼한
돌담이나 돌다리도
돌끼리 서로 포개고 보듬어야 합니다

차곡차곡
정성껏 쌓아 올린
전체가 소중한 하나이기 때문입니다

자그만
한 개 돌이라도
망가지거나 빠지면 안전이 위험합니다

서로서로
아끼고 사랑하며
모두 같은 한 몸임을 명심해야 합니다

크고 긴 제방도
작은 구멍 하나에 속절없이 무너집니다

절규와 함성

끓어오르는
분노의 절규는
불가마의 불길보다 사납고
펄펄 끓는 용광로보다 뜨겁다

이글거리는
저주의 함성 또한
무시무시한 광풍에 휩쓸려
가슴을 태우고 영혼마저 녹인다

사랑해야 한다
용서해야만 한다
절규와 함성을 삭히어
발광의 노예가 되어서는 안 된다

참아야만 한다
지는 것이 이기는 것이다
심히 슬프고 아파도 이 길이 가장 현명하다

지금보다 소중한 시간은 없다

그대여
지금을 만끽하라
지금보다 소중한 시간은 달리 없다

그대가
살아 숨 쉬는
바로 지금이야말로 가장 소중하다

아끼고 사랑하라
힘차게 가꾸고 일궈라
시방이 아니면 또 다른 시간은 없다

오직
지금이라야 할 수 있다
열정을 쏟아부어 도전하고 투쟁하라

잠시 잠깐
스치는 바람과 구름처럼
머무는 듯 지나치는 덧없는 인생이여

나중일랑 기대 마라

한 치 앞도 모르는 앞날

믿을 것은 오로지 지금, 지금뿐인 것을

지금부터가

늦은 때란 없다
지금부터가 시작이니까

시작하는 때가
가장 빠른 때인 것이다

쏜살같이 갈 뿐
절대 기다리지 않는 시간

출발하는
그때가 비로소
인생에서 제일 이른 때이다

짧지만 폼 나게

오호라,
그 얼마나
오랫동안 기다렸던가
어둡고 답답한 땅속에서

천적이 없는
맑은 날 그윽한 한밤중

머물던 곳
뚫고 헤쳐 기어 나와
애벌레의 허물을 벗고
날개 달린 매미가 되는 날

비록
서둘러 가야만 하는
머무는 듯 떠날 생애이어도

마음껏 노래하리라
우화의 기쁨 만끽하리라
아름다운 사랑도 꽃피우리라

짧지만 폼 나게

쫓고 쫓기듯

기찻길 위를
질주하는 열차처럼
쏜살같이 내달리는 발걸음

빨리 서둘러
가야만 하는 것처럼
헐레벌떡 몰아쉬는 숨소리

달리고 달려
시간과 공간의 여백에
족적이라는 자취를 새긴 채

쫓고 쫓기듯
저 흘러가는 구름처럼
잠시 잠깐도 멈출 수 없는
소망을 찾는 고단한 발길이여

촛불 같은 기도와 열망

그대여,
아픔의 눈물인가요
사랑 위한 순교인가요
온몸을 몸소 태우고 녹여
어둠을 환히 밝히는 광명이여

누굴 위한 기도인가요
무엇을 향한 열망인가요
전쟁 속에서 사랑과 평화를
좌절과 절망에서 꿈과 희망을

뜨겁게 흐르는 눈물이여
쉼 없이 타오르는 불꽃이여
송두리째 녹이는 용광로 같은

심히 아파도 멈추지 않고
오직 소망을 향한 울부짖음
온전히 태우는 기도와 열망이여

축복의 다리

행운이란
도전하는 사람에게
하늘에서 놓아 주는 축복의 다리이고

펄펄 끓는
열정과 투쟁만이
그 다리를 건널 수 있는 지름길이지요

콩나물이 자라듯

구멍 숭숭 뚫린
콩나물시루에 물을 주면
삽시간에 줄줄 다 흘러내리는 것 같아도

단비를 머금은
들녘의 초목들처럼
사랑과 정성 속에 무럭무럭 굵고 자란다

항상 한결같은
따뜻한 관심의 손길
어린아이를 보살피는 엄마의 마음이리라

흘러내리는 물은
그냥 내버려 두어야
비운 만큼 채울 수 있음을 깨달은 것이리라

쾌락의 향연

곤충이나 짐승이나 인간이나
번식과 사랑 위해 힘쓰는 것처럼
암수의 뜨거운 교감과 성욕은 다르지 않다

길거리에서 마주친 똥개들이
다짜고짜 달라붙어 즐기는 것처럼
인간들 또한 밤낮없이 미친 듯 찾고 밝힌다

유쾌 상쾌 통쾌한 불꽃놀이
까무러칠 것만 같은 황홀한 쾌감
연신 폭발하는 교성과 탄성의 하모니
당장 복상사할지라도 여한이 없을 것만 같은

이용하는 도구들도 다양하여
즐거움 환희를 극대화할 수 있다면
선택의 폭도 골고루 많을 뿐만 아니라
요즘 많이 동원되는 잘 훈련시킨 개와 말 등

홀려 빠져 헤맬 수만 있다면
감미로운 세계에 미칠 수만 있다면
망설이거나 주저할 이유도 전혀 없는
마냥 뻔뻔스럽고 노골적이며 적나라하게
보란 듯이 당당하게 협력하고 동참하며 즐긴다

숨 막히는 짜릿한 전율의 향연
활활 태우고 펄펄 끓는 불꽃이야말로
인간이 누릴 수 있는 자유이고 권리 아니겠는가

톱니바퀴

우리 모두는
톱니바퀴의 톱니처럼
한 덩어리로 서로 맞물리어 돌아가야만 한다

여러 종류의 기어마다
숱한 톱니가 맞물려 돌아야
회전력을 최고도로 발휘할 수가 있는 것처럼

한 사람 한 사람마다
가정과 조직, 사회와 국가의
함께 돌아가야 하는 톱니와 같은 존재들이다

이빨 하나만
아프거나 없으면
음식물을 제대로 씹거나 먹기가 힘든 것처럼

만일 소중한 톱니 중
어느 하나라도 마모되거나
망가지면 제 기능을 발휘하기가 어려운 것이다

파수꾼

아마도,
자기 자신을 지켜 내기보다
더욱 힘들고 어려운 일이 세상에는 없으리라

하자 하자 하면서도
결국 그 일을 하지 못하고
하지 말자 하지 말자 하면서도
기어이 저지르고 그르치며 망가뜨리고야 마는

들판 허수아비가 하는 일을
마을 입구 솟대가 하는 일도
오색 비단 잡아맨 서낭당이나
가족을 지키는 미어캣 개들도 해내는 노릇마저
제대로 해내지를 못한다

힘이 모자라서가 아니고
지혜가 부족해서도 아니며
자신과의 싸움에서 자꾸 뒷걸음을 치기 때문이다

자신을 이겨 내지 못하면

이성과 양심이 바르지 못하면

그만큼 자기 스스로 나약한 존재가 되고 마는 게다

페친들

페이스북에서는
사진과 이름만으로
서로 친구로 교제하는 세상이다

내 페북에도
지인 몇 외에는
전혀 모르는 생면부지 친구들이다

너무 정겹다
서로 공감하고 격려하며
오랜 친구보다 우정이 더 돈독하다

멋진 세상
지구촌 전체를 아우르는
소통과 대화의 창이 활짝 열렸으니-

우리가 열망하는
사랑과 우주 평화까지도
함께 꽃피울 수 있다면 얼마나 좋으랴

폭염 속의 한계

인간의 한계는
정녕 어디까지일까
물론 사람마다 다르겠지만
여름날 절절 끓는 자전거도로를
헉헉 가쁜 숨을 몰아쉬며 뚫고 걷는 모험은
차마 가혹하리만치 처절하기만 하다

몽롱 흐릿해지는 현기증
잠시 동안만 발걸음을 옮겨도
이내 허리를 압박하는 상체의 무게
갑자기 몸이 나른하고 맥이 풀려 줄줄 흐르는 식은땀

그늘에 잠시 앉았다 걷고
땡볕 속에 잠깐 멈췄다 또 걷고
쉬는 시간이 걷는 시간보다 점점 더 길다
마석 대성리 왕복 길 집까지 아직 많이 남았건만
보란 듯 발길을 옮기는 젊은이들이 부럽기만 하다

나에게도 저런 왕성한 때가 있었는데
아니, 아침나절만 해도 나도 저렇게 걸었는데
그래서 나이는 못 이긴다는 말이 있는 것일까
오기가 발동해 복식호흡을 해 봐도 오늘따라 효험이 없다
아, 마음대로 안 되는 게 몸인가 보다

폭포수

위에서 아래로
시원하게 쏟아져 내리는

근사하고 장엄한
물줄기여 멋들어진 풍광이여

흩날리는 비경
볼수록 우렁찬 춤사위

절벽을 가르며
곤두박질치는 힘찬 율동이여

참 아름다워라
한데 얼크러설크러
맑고 푸른 싱그러운 생명수여

거짓 없는 진실
속속들이 드러내는
굽이치어 아우르는 손길이어라

하늘과 바다처럼

잔뜩 흐리면 흐린 대로
천둥 번개가 쳐도 치는 대로
하늘은 그냥 그대로 하늘일 뿐이다

사나운 바람이 불지라도
험한 파도가 일렁일지라도
바다는 그냥 그대로 바다일 뿐이다

바다와 땅을 굽어보면서
하늘과 우주를 올려다보면서
하늘과 바다는 늘 갈 길을 갈 뿐이다

고요하고 잠잠해지면
밝게 웃으며 언제 그랬었냐는 듯
보란 듯이 당당하게 그 자리에 머문다

인간의 마음과 가슴도
하늘과 바다처럼 넓고 크다면
항상 사랑과 포용의 물결 찰랑거리리라

하루하루가 인생의 첫날처럼

달콤하고 황홀한 첫 키스처럼
가슴 떨리는 신혼의 첫날밤처럼
하루하루를 인생의 첫날처럼 살아가자

벅찬 희망 한가득 부둥켜안고
우렁차게 소리 지른 고고의 울음
그 순간을 잊지 말고 힘과 용기를 내자

오직 단 한 번뿐인 인생이거늘
영원히 다시 오지 않을 매 순간마다
내 인생에서 최고가 되도록 폼 나게 살자

아무리 어렵고 힘이 들지라도
인생만큼 아름다운 삶은 없나니
이어지는 아픔과 슬픔 참고 견디며
온갖 고난 뚫고 헤치며 보란 듯 당당하게

꿈과 소망을 향해 일렁이는 불꽃
활활 불타오르는 불가마 불길처럼
펄펄 끓는 용광로의 시뻘건 쇳물처럼
아낌없이 남김없이 태우고 녹이는 것이다

우주보다도 소중하고 존귀한 인생-
그대는 우주의 주인공이자 왕이며 황제이다

하면서도

사랑하자
사랑하자 하면서도

이뻐하자
이뻐하자 하면서도

그러지
못하는 것은
바보 같은 짓이여

사랑해 좋고
이뻐하는 기쁨
우물쭈물 망설이나

먼저 주어라
넘치게 베풀어라
업어 주고 안아 주라

웃음과 행복
가득 차서 넘치도록

한낱 스치는 바람이요, 흘러가는 구름인 것을

쓰디쓴
실패와 좌절이 닥쳐와
절망의 구렁텅이 떨어뜨릴지라도
그대는 결코 쓰러지거나 포기하지 마라
그 또한
한낱 스치는 바람이요, 흘러가는 구름인 것을

달콤하고 향기로운
사랑의 열꽃이 시들고 떨어져
잊지 못할 슬픔과 아픔 사무칠지라도
추억 속의 그 사람을 미워하거나 원망 마라
그 또한
한낱 스치는 바람이요, 흘러가는 구름인 것을

숱한 유혹에 휘말리고
성공의 오묘한 맛에 홀려
출세의 멋에 취한 그대들이여
만끽하는 맛과 멋을 오래 즐기리라 기대 마라
그 또한
한낱 스치는 바람이요, 흘러가는 구름인 것을

한 번뿐인 인생

그렇다
누구나 다
단 한 번뿐인 인생

아무도
대신할 수 없는
저 혼자만의 독무대

똑같이 주어진
너무너무 소중한 기회

남김없이
활활 불사르고
모조리 녹이는 것이다

마지막
그 순간 맞이할 때까지

함부로 말하지 말라

그대를
좋아합니다
섣불리 말하지 말라

당신을
사랑합니다
함부로 말하지 말라

활활
타오르는 불꽃일지라도

펄펄
끓어오르는 열정일지라도

자기 양심에
부끄러움이 없어야만 한다

잠시 스치는
바람이나 구름이라면 아니다

행복 만들기

스스로
밝게 웃어야만
환한 미소가 피어나듯
기쁨과 분노도 자기가 만들고
희로애락 물결도 오롯이 자신 것이다

웃음 속에
행복이 용솟음치고
기쁨 속에 행복이 넘실거리듯
다양한 행복은 결국 자신이 만드는 것

모두가
마음먹기에 달렸다
마음과 가슴 그리고 영혼 속에
잠시 흐르는 물과 바람과 구름 같은
한순간 스치고 흐르는 다채로운 율동들

힘써 애써

잡을 수도 없는

매달려도 무심코 지나치는

오래 머무는 웃음과 기쁨은 없듯

물과 바람과 구름도 순간마다 새로운 것처럼

환하고 밝게, 꽃보다 그대

그대여,
곱고 아름다운 꽃보다
환하고 밝게 언제나 웃으며 사세요

활짝 핀 장미보다도
곱다란 코스모스보다도
요염한 웃음 맨드라미보다도
환하고 밝은 미소 늘 웃으며 사세요

웃는 그대가 좋아요
밝은 모습이 아름다워요
해맑은 웃음이 너무너무 사랑스러워요

항상 밝게 웃어요
찡그리거나 화내지 마세요
환하고 밝게, 꽃보다 아리따운 그대여

후회 없는 오늘

적어도
오늘만큼은
후회 없는 하루를 살아 보자

아침마다
굳게 다짐하면서도
뜻과 생각대로 쉽지가 않다

삶이란
흐르고 스치는
바람과 구름 같아서
마음먹은 대로 되지 않는다

오로지
최선을 다하면 된다
열정을 다 쏟으면 되는 것이다

비록
모자라고 부족할지라도
후회 없는 오늘이면 되는 것이다

희망의 날개

꿈과 소망에는
희망의 날개가 있다
멋지게 나는 새들과 비행기처럼
하늘과 바다와 우주 공간을 날 수가 있다

마음과 가슴과 영혼이
가고 싶은 곳이라면 어디든지 갈 수가 있고

고장 나면 고치면 되고
마음만 먹으면 언제나 얼마든지 날 수도 있다

그대여,
날개를 활짝 펴고
사랑스럽고 아름다운 세상을 마음껏 누비어라

우주는 그대 것
이 우주는 그대가 주인공이고 왕이며 황제이다

보란 듯
훨훨 날아 크고 높고 넓은 희망을 맘껏 펼치어라

희망의 사다리

한 올의
끈이라도 잡고 있는 한
쓰러지거나 그만두지 않는 한
꿈을 향한 촛불은 언제까지나 꺼지지 않는다

오르기가
제아무리 힘들지라도
소망의 사다리를 오르고 있는 한
앞날을 향한 열정 또한 항상 활활 타오르리라

거친 바람과
험한 파도를 뚫고 헤치는 길이
차마 눈물겹도록 지치고 고단해도
나아가는 발걸음을 끝끝내 멈추지만 않는다면,

수많은 고비와 굽이
굽이치고 가파른 길 어찌 버겁지 않으랴
울부짖고 몸부림치는 눈물과 통곡의 그 길이
도저히 견딜 수 없을 만치 처절하지 않겠는가

그래도 산다는 것은
늘 무한 도전과 숨 막히는 투쟁의 연속이거늘
꿈과 희망을 향해 쉼 없이 가고 또 간다

힘과 용기를 내라

그대여
강과 바다로
흘러내리는 계곡의 물줄기처럼

숱한 고비와 굽이
뚫고 헤쳐 가는 그 길이
심히 지치고 힘들지라도
차마 눈물겹도록 고단하여도
절대로 멈춰 서거나 포기하지는 마라

설레는 꿈과
소망으로 향하는 길은
모질고 험한 도전과 투쟁의 연속이거늘

그대여
힘과 용기를 내라
끝끝내 참고 견뎌 내야만 다다를 수 있다

마디마디 아픔을 여미고

1판 1쇄 발행 2024년 10월 31일

지은이 배송제

교정 주현강 **편집** 김다인 **마케팅·지원** 김혜지

펴낸곳 (주)하움출판사 **펴낸이** 문현광

이메일 haum1000@naver.com **홈페이지** haum.kr
블로그 blog.naver.com/haum1000 **인스타그램** @haum1007

ISBN 979-11-94276-29-6(03810)

좋은 책을 만들겠습니다.
하움출판사는 독자 여러분의 의견에 항상 귀 기울이고 있습니다.
파본은 구입처에서 교환해 드립니다.